Ma mère

part en voyage

Daniel Laverdure

COLLECTION
Le chat & la souris

Données de catalogage avant publication (Canada)

Laverdure, Daniel

Ma mère part en voyage

(Le chat et la souris : 2)
Pour enfants de 7 ans.

ISBN 2-89435-123-2

I. St-Aubin, Bruno.   II. Titre.   III. Collection: Chat et la
souris (Waterloo, Québec) ; 2.

PS8573.A816M3 1999   jC843'.54   C99-941474-7
PS9573.A816M3 1999
PZ23. L38Ma 1999

Révision linguistique: Béatrice Baldacchino
Conception graphique: Standish Communications
Infographie: Tecni-Chrome

La publication de cet ouvrage a été réalisée grâce au
soutien financier de la SODEC, du PADIÉ et du
Conseil des Arts du Canada.

ISBN 2-89435-123-2
Dépôt légal - Bibliothèque nationale du Québec, 1999

© Copyright 1999
Éditions Michel Quintin
C.P. 340, Waterloo (Québec)
Canada J0E 2N0
Tél.:   (450) 539-3774
Téléc.: (450) 539-4905
Courriel: mquintin@mquintin.com

1 2 3 4 5 6 7 8 9 0 H L N 3 2 1 0 9

Imprimé au Canada

À tous ceux et celles qui aiment
les histoires qui pourraient
être vraies, mais...

Chapitre 1

Le pouce vert de ma mère

Ma mère aime les fleurs. Je sais bien que beaucoup de mères aiment les fleurs, mais, chez la mienne, c'est une véritable passion. Non seulement elle adore les fleurs, mais les arbres, les champignons, les arbustes, les plantes vertes... Elle aime tout ce qui pousse... même les cheveux !

Pas étonnant que je grandisse si vite.

Chez nous, il y a des fleurs tout autour de la maison, le long du trottoir et de chaque côté du cabanon. Toutes les fenêtres de la maison possèdent une immense boîte à fleurs bien garnie et c'est la même chose pour les fenêtres du poulailler. Sur tous les murs sans fenêtre pousse une plante grimpante... Il y en a même une le long du poteau de téléphone. C'est tout juste si ma mère n'en met pas dans la boîte aux lettres ni dans la poubelle !

Elle a même fait son arbre généalogique pour mieux connaître ses racines.

Mais tout cela n'est rien, vous devriez voir dans la maison! C'est la jungle! Elle a sa collection de cactus, sa collection de violettes africaines, d'orchidées, de géraniums, de fougères, de philodendrons. Elle a même une collection de mauvaises herbes, bien qu'elle ait le rhume des foins.

Il est donc tout à fait normal que ma mère saute sur cette occasion proposée dans le journal : « Voyage organisé au jardin de Métis. Départ le samedi 8 juillet à 13 h et retour le lendemain soir. 85 $ par personne : hébergement, repas et transport inclus. » Elle n'hésite pas un instant. Elle ne peut pas laisser passer une chance pareille !

Mais le 8 juillet, c'est dans deux jours ! Elle doit préparer son départ, tout organiser, penser à tout : c'est le branle-bas dans la maison !

Chapitre 2

Les préparatifs

Ma mère quitte la maison pour une trentaine d'heures et elle a l'impression de nous abandonner! Elle prépare des repas pour une semaine alors qu'on aurait très bien pu se débrouiller tout seuls. Elle nous donne toutes les directives pour l'arrosage et l'entretien de ses plantes...

en précisant bien que nous n'aurons pas besoin de nous en occuper!

Elle remplit la mangeoire du poulailler à ras bord, les poules en ont presque la nausée.

Elle enfouit dans une petite valise : un roman de 463 pages, son chapeau de paille défraîchi, des lunettes fumées qu'elle oubliera quelque part, deux brosses à dents, des bonbons forts pour la gorge, un gros chandail de laine, quatre pantalons, des bas et des sous-vêtements pour une armée et de la crème solaire numéro 40.

C'est parce qu'il n'y a plus de place qu'elle n'emporte pas sa trousse de premiers soins ni son lecteur portatif avec la collection complète des disques compacts de Mario Pelchat !

— Maman ! Tu n'as pas besoin de traîner ton parapluie !

— Et si l'autobus tombe en panne pendant un orage et qu'il faut aller le pousser...

— Tu vas être la seule à l'avoir, tu vas donc pousser l'autobus toute seule en tenant ton fichu parapluie.

— Va donc le ranger, Christophe, et arrête de dire des niaiseries ! Je sais bien que tu es jaloux de mon sens de l'organisation.

En quelques heures, elle a tout épousseté, passé l'aspirateur, secoué les tapis et nettoyé la litière du chat. Elle veut laisser la maison impeccable avant de partir.

— Je peux peut-être t'aider, maman?

— Es-tu fou, Christophe! Comment veux-tu que je «détende mes nerfs» si je ne fais rien? Je dois absolument m'occuper. Bon, maintenant, je vais nettoyer les carreaux de céramique de la salle de bains.

Jusqu'au moment du départ, elle n'a pas arrêté. Elle nous fait même des suggestions de lecture pour éviter qu'on s'ennuie.

— Mais, maman! Je l'ai lu trois fois, ce livre.

— Ben, justement! Tu n'auras pas de mauvaises surprises et ça va moins t'énerver.

— Mais, maman! C'est pas moi qui suis nerveux.

— Ah! Arrête! Tu m'énerves!

Il faut dire que ma mère ne sort pas souvent. Sa principale sortie, c'est lorsqu'elle va faire son épicerie au marché du coin.

Si elle décide d'aller au centre commercial, à l'autre bout de la ville, elle s'habille comme si elle « allait aux noces ».

— Pourquoi ça t'énerve de sortir?

— Parce que je ne sors pas assez souvent, j'ai perdu l'habitude.

— Pourquoi tu ne sors pas plus souvent, alors?

— Parce que ça m'énerve de sortir !

C'est bien ma mère, ça : elle sait qu'elle a toujours raison, mais elle ne sait jamais pourquoi.

Chapitre 3

Le départ

Incroyable! Ma mère est prête à partir. Évidemment, elle n'a pas eu le temps de dîner. Elle a enfoui un sandwich, une pomme et un muffin aux carottes dans un petit sac de papier brun en guise de collation qu'elle mangera dans l'autobus.

Encore un dernier coup d'oeil pour vérifier que tout est en ordre et c'est le départ. Elle est «super stressée» mais le jardin de Métis vaut bien quelques rides de plus!

Arrivée au terminus, elle cherche partout le véhicule WA-34.

— Il y a beaucoup trop d'autobus, ici. J'arriverai jamais à trouver le mien!

— Regarde, maman. C'est écrit sur la pancarte: «Le jardin de Métis».

— Bon, enfin!

— J'espère qu'on a inscrit mon nom sur la liste?...

Si ma mère n'était pas inquiète, ce ne serait pas ma mère!

Juste avant de monter dans l'autobus, ma mère s'arrête.

— Au téléphone, ils avaient pas dit que ce serait un autobus de luxe!?

— C'était un autobus de luxe l'année où ils l'ont construit il y a 20 ans, déclare une dame qui semble être l'accompagnatrice du groupe. Mais elle non plus ne semble pas très rassurée par le véhicule!

— Tiens, Christophe. Voilà le numéro de téléphone du jardin de Métis. S'il se produit un drame, appelle-moi et je reviens tout de suite.

— Comment? En faisant du pouce? De toutes façons, tout va bien se passer. Pense aux fleurs que tu vas rencontrer et fais un bon voyage!

L'autobus démarre péniblement et s'éloigne. Je ne vois plus maintenant qu'un gros nuage gris qui pue! J'imagine ma mère

au milieu de tous ces étrangers... je suis inquiet pour eux... ils ne la connaissent pas, ma mère! Avec elle, tout peut arriver!

Chapitre 4

Il faut ménager les transports

Enfin assise dans son autobus, ma mère est moins nerveuse. Mais l'épreuve de l'autobus est loin d'être terminée. Elle vient d'entendre le passager du siège de gauche dire que la rouille a percé un trou dans le plancher : il peut voir la route en regardant entre ses deux pieds. Ma mère ne trouve pas ça drôle du tout !

Elle remarque que son siège a la bougeotte. Il a probablement perdu quelques boulons. À chaque soubresaut, elle avance un peu ou elle recule. Si ça continue, elle va arriver avant les autres passagers ! En plus, ça commence à lui donner mal au coeur...

La dame assise à côté d'elle est très grosse, elle rit tout le temps avec ses copines. Et, chaque fois qu'elle rigole, le siège de ma mère sautille : il va encore perdre d'autres boulons.

C'est là que le sort s'abat sur elle ! Ma mère s'aperçoit qu'elle

a oublié le petit sac de papier
brun contenant son dîner : il est
resté sur le comptoir de la cuisine. La voilà obligée de faire
une diète forcée. Le voyage va
être très long.

Heureusement, elle a pensé à apporter un petit livret tout neuf de « grilles de mots cachés » !

Au bout de quatre grilles ma mère commence à être étourdie. Elle n'a pas l'habitude de lire en voiture, surtout si la voiture est un autobus qui tangue comme une chaloupe en pleine tempête ! Elle ne se sent pas bien du tout.

Chapitre 5

Le motel

Lorsque le véhicule vient s'arrêter devant le motel, ma mère a le visage vert et les yeux jaunes. Ce sont de jolies couleurs... mais pas pour aller au restaurant. Elle est si malade qu'elle ne peut pas souper. À peine arrivée dans sa chambre, elle se blottit au fond de son lit. Mais elle ne dort pas tout de suite…

Lentement elle s'enfonce dans le matelas comme si c'était des sables mouvants. Ensuite un océan déchaîné se met à circuler dans la tuyauterie. Puis, une souris longe calmement le mur face au lit en faisant des crottes partout. Pour tout

arranger, il manque quelques lamelles au store vénitien, ce qui permet à une lumière clignotante d'éblouir, toutes les trois secondes, le visage éberlué de ma mère.

Entre deux et quatre heures du matin, des fêtards courent, trébuchent, chantent et crient dans les corridors. À deux reprises, on vient frapper à sa porte par erreur. Ma mère ne va pas ouvrir parce qu'elle est trop occupée à être malade.

On avait oublié de mettre tous ces détails dans la publicité !

Au matin, elle se fait réveiller par des bavardages qui deviennent vite un brouhaha. On vient d'apprendre que le déjeuner n'est pas compris dans le prix et qu'il faut payer un supplément. Ma mère s'en moque pas mal! Ce matin, elle a les deux yeux dans le même trou. Quand elle réussit enfin à faire sa toilette, l'accompagnatrice la prévient qu'elle n'a plus le temps de manger et qu'il faut monter dans l'autobus sans tarder.

Tout à coup, ma mère reprend vie. Après tout ce qu'elle a vécu, il serait normal de se décourager, de vouloir tout abandonner. Elle a été malade, elle n'a pas beaucoup dormi, elle n'a pas mangé

depuis 24 heures, mais... **elle est sur le point de visiter le jardin de Métis!** C'est pour cette raison qu'elle a accepté de faire tous ces sacrifices et c'est maintenant qu'elle va être récompensée.

Une énergie monte en elle comme la sève de l'érable au printemps. Elle attrape sa sacoche et sa petite valise, ouvre la porte de sa chambre avec vigueur et se dirige d'un pas ferme vers l'horrible autobus.

— Y a personne qui va m'empêcher d'aller voir les fleurs de Métis!

Chapitre 6

Le jardin de Métis

La grosse madame qui rigole est encore assise à côté de ma mère. Cette fois, elle ne rit pas, elle dort. Il paraît qu'elle a fêté très tard hier soir. Elle n'a probablement pas arrêté de rire et ça l'a épuisée.

Malheureusement, ça aussi ça énerve ma mère. Elle a tellement hâte de visiter le jardin qu'elle a peur d'être retardée par la dormeuse qui ronfle comme une tondeuse. Si jamais sa voisine prend une éternité pour se réveiller, ma mère serait capable de passer par-dessus pour sortir !

Lorsque l'autobus s'immobilise, ma mère pousse discrètement la dame d'un coup de hanche. La pauvre tombe de son siège et fait sursauter la moitié des passagers. Tout le monde croit qu'elle est tombée toute seule lorsque le véhicule a freiné pour s'arrêter. La dame, complètement étourdie, se demande où elle est !

La visite commence enfin. Ma mère a les yeux aussi grands qu'une fleur de tournesol. Elle veut profiter de chaque fleur, de chaque pétale, de la moindre feuille, de la plus petite épine et même des racines qui dépassent.

Une étudiante bien intentionnée guide la promenade. Elle explique qu'il est interdit de sortir des sentiers et de toucher à quoi que ce soit de végétal. Trop tard, ma mère a déjà les deux pieds enfoncés dans le compost au beau milieu des bégonias tubéreux plantés à l'entrée du jardin.

Les bégonias tubéreux sont les préférés de ma mère parmi tous les bégonias de l'univers. Presque à genoux, ma mère contemple les couleurs flamboyantes de ces magnifiques fleurs. Elle est émue.

Soudain, le tonnerre gronde. Un orage va bientôt arroser les bégonias.

Ma mère doit faire vite si elle veut avoir le temps de visiter tout le jardin. Elle essaie de rejoindre le groupe mais tout le monde est parti. Il y a deux sentiers, l'un à gauche et l'autre à droite, il faut choisir et le temps presse.

Ma mère choisit celui de droite.

Évidemment, tout le groupe avait pris celui de gauche!

Chapitre 7

Oh! que c'est beau!

— Oh! que c'est beau! Je serais pas venue que je l'aurais regretté!

Ma mère, distraite par les merveilles qui l'entourent, oublie de rattraper les autres. Elle trouve que, finalement, il n'y a pas assez de fleurs autour de sa maison. En passant sur un petit pont, elle remarque un secteur plus sauvage

mais qui lui semble tout aussi in-
téressant. Sur un petit écriteau il
est inscrit: «Défense de passer,
sentier en réparation».

Ma mère se dit qu'elle n'aura
peut-être plus jamais l'occasion
de revenir ici. Elle décide de faire
un petit tour dans ce sentier,

malgré l'interdiction. Elle ne le regrette pas, elle est époustou-flée. Il y a plein d'ancolies de toutes les couleurs, des hostas comme elle n'en a jamais vu et des fougères immenses mer-veilleusement élégantes.

Effectivement, le sentier est loin d'être en bon état et ma malchanceuse de mère finit par le perdre. Elle s'avance de plus en plus dans la forêt jusqu'à ce qu'elle se rende compte qu'elle n'est plus du tout dans le jardin de Métis, ni dans aucun autre jardin d'ailleurs, et qu'elle s'en-lise lentement dans de la vase gluante et froide.

Ma mère est là, debout, les yeux fermés et la sacoche pendante. Elle se dit: «Ça, c'est moi! C'est bien moi!» et elle se met à crier de toutes ses forces:

— **Pourquoi je fais toujours des bêtises!**

Elle se débat comme un chaton pris dans une chaudière de mélasse. Elle réussit à se dégager du piège tendu par la nature... mais ses souliers sont restés dans la vase!

Peut-être qu'un archéologue va les retrouver dans mille ans et que ma mère deviendra célèbre!

Elle continue de chercher son chemin les pieds nus mais plus

décidée que jamais. Un bruit la fait bondir. Une odeur la fait frémir. Elle examine les alentours et distingue une longue fourrure noire avec deux rayures blanches qui se dandine dans les

fougères. Finies les recherches, ma mère prend n'importe quelle autre direction et court avec toute son énergie... et elle en a de l'énergie, ma mère !

Après quelques minutes, elle s'arrête pour reprendre son souffle. Elle est déjà très loin de la bête, qui ne l'a probablement même pas vue.

— Bon, maintenant, restons calme. Si j'étais quelqu'un d'autre, qu'est-ce que je ferais ?

Au même moment, elle reconnaît les feuilles d'un rhododendron qui ne pousse pas dans nos forêts : il ne peut donc pousser que dans un jardin ! Mon imprudente de mère file tout droit vers le rhododendron même si, pour ça, elle doit marcher dans la boue, traverser un marécage et sauter un barrage de castors.

Chapitre 8

1,3 km !

En jetant un coup d'oeil à sa montre, ma mère se rend compte que c'est l'heure de dîner. Une fois de plus, on va manger sans elle. Elle va finir par oublier comment on fait pour se nourrir ! En plus, après le repas, il y a une conférence de Harry Hungtingdong.

Harry est un spécialiste des boutures de racines de betterave et ma mère adore les betteraves.

Lorsqu'elle rejoint finalement le rhododendron, elle n'est toujours pas dans le jardin de Métis. C'est le rhododendron de quelqu'un d'ordinaire. Ma lune de mère est dans la cour arrière de quelqu'un d'ordinaire qui possède un gros chien extraordinaire. Voilà ma mère repartie pour une autre galopade pieds nus, la sacoche en l'air.

Enfin elle retrouve la route! Devant elle un panneau indique: «Le jardin de Métis - 1,3 km».

La pluie commence à tomber, un véritable déluge, mais ma mère n'a pas le temps de se décourager. En arrivant au guichet, elle paie son entrée pour la deuxième fois. On remarque

bien son état pitoyable mais on n'ose poser aucune question : ma mère n'a vraiment pas l'air de vouloir expliquer quoi que ce soit !

Cette fois elle prend le sentier de gauche.

Elle marche un petit moment avant d'apercevoir au loin la grande maison blanche où se tient la conférence. Elle ne prend pas le temps de regarder les aménagements de fleurs, elle est trop pressée. Malgré tout, elle arrive trop tard, tout est fini, les gens commencent à sortir.

Lorsqu'elle rejoint enfin le groupe, presque tout le monde

est déjà installé dans l'autobus. Ma mère, trempée jusqu'aux os, aperçoit la grosse madame juste devant elle et éclate en sanglots.

Chapitre 9

Le retour

La dame ne met pas longtemps à remarquer la triste allure de ma mère et comprend qu'elle n'a pas fait la même visite que les autres. La grosse madame s'approche de ma mère, l'aide à monter dans l'autobus, et s'assoit une fois de plus à côté de mon inconsolable mère.

— Respirez un bon coup. Ça va vous faire du bien.

La dame prend quelques mouchoirs de papier dans son sac à main et les donne à ma mère.

— Vous avez eu des problèmes, il me semble ?

— Je-n'ai-pas-vu-les-fleurs-de-Métis !

Et ma mère se remet à sangloter de tout son coeur. Alors la dame met son bras autour de ses épaules.

— Je m'appelle Capucine.

Capucine est visiblement désolée pour ma mère. Au bout de huit secondes exactement, il lui vient une idée.

—Vous savez pourquoi les roses et les tulipes ne fleurissent jamais en même temps?

La devinette reste sans réponse.

—C'est parce qu'elles ne peuvent pas se sentir!

Ma mère ne trouve pas ça vraiment drôle mais elle cesse de pleurer. Capucine commence à lui raconter les difficultés qu'elle a avec les plantes de son jardin. Les pucerons envahissent ses rosiers; de gros champignons dégoûtants poussent dans ses pruniers; ses potentilles ne «potentillent» pas et ses lilas ont une odeur d'eau de vaisselle. Elle a même des fleurs qui ressemblent à des pointes de pizza séchées.

Au début, ma mère essaie de comprendre et de trouver des solutions à ces cas particuliers. Mais Capucine ne semble pas s'en faire avec tout ça, elle préfère trouver une façon de s'en amuser et elle y réussit! Même

ma mère ne peut s'empêcher de rire.

Bientôt, les deux dames deviennent des amies qui rigolent, s'esclaffent et se bidonnent. Elles se moquent même des autres madames qui restent sérieuses.

Le retour a semblé beaucoup plus court et tellement plus agréable. Ma mère en a oublié tous les tracas des dernières 24 heures.

Lorsqu'on parle de problèmes, il est vrai que ma mère a souvent la mémoire courte.

Le vieil autobus s'immobilise au terminus. La porte s'ouvre, une vis tombe, la porte se décroche

et se retrouve par terre. Le chauffeur se lève brusquement et le volant lui reste dans les mains. À peine tous les passagers sont-ils sortis que la roue avant droite se détache et l'autobus s'affaisse comme une baleine échouée dans le stationnement.

Seules Capucine et ma mère se tordent de rire.

— Je ne t'oublierai jamais, Capucine. D'ailleurs, j'aimerais bien aller voir ton jardin.

— Mon jardin! Tu veux dire ma tentative de jardin. C'est une bonne idée, je suis certaine que tu pourras m'aider.

Chapitre 10

À la maison

Malgré l'heure tardive, j'attends le retour de la voyageuse.

Dès que ma mère met le pied dans la maison, elle laisse tout tomber derrière elle, même sa sacoche.

— Qu'est-ce qui t'est arrivé ? Si tu voyais dans quel état tu es !

— Laisse faire, Christophe !

J'ai pas le temps de t'expliquer, je te raconterai toute mon histoire demain. Ce que j'ai à faire, c'est la priorité la plus prioritaire du monde.

Ma mère se précipite dans la cuisine, ramasse tout ce qui se mange sans cuisson et dévore goulûment le festin sans reprendre son souffle.

— Tu as dû faire une fichue de belle randonnée pour qu'elle te donne autant d'appétit !

Table des matières

La collection LE CHAT ET LA SOURIS

Achevé d'imprimer
en septembre 1999
sur les presses de
Imprimerie H.L.N.

Imprimé au Canada – Printed in Canada